伊索寓言繪本系列

狼來了

圖文：布萊恩妮．克拉克森
翻譯：李承恩

園丁文化

園丁文化

伊索寓言繪本系列
狼來了

圖　　文：布萊恩妮・克拉克森
翻　　譯：李承恩
責任編輯：容淑敏
美術設計：許鍩琳
出　　版：園丁文化
香港英皇道 499 號北角工業大廈 18 樓
電話：(852) 2138 7998
傳真：(852) 2597 4003
電郵：info@dreamupbooks.com.hk
發　　行：香港聯合書刊物流有限公司
香港荃灣德士古道 220-248 號荃灣工業中心 16 樓
電話：(852) 2150 2100
傳真：(852) 2407 3062
電郵：info@suplogistics.com.hk
印　　刷：中華商務彩色印刷有限公司
香港新界大埔汀麗路 36 號
版　　次：二〇二二年十一月初版

ISBN: 978-988-7625-17-9

18/F, North Point Industrial Building, 499 King's Road, Hong Kong
Published in Hong Kong SAR, China
Printed in China

前言

《伊索寓言》相傳由古希臘人伊索創作，結集了來自世界各地的故事，約三百多篇。

《伊索寓言》對後代歐洲寓言的創作產生了重大的影響，不僅是西方寓言文學的典範，也是世界上流傳得最廣的經典作品之一。

《伊索寓言繪本系列》精心挑選了八則《伊索寓言》的經典故事。這些故事簡短生動，蘊含了深刻的道理，配以精緻細膩的插圖，以及簡單的思考問題，賞心悅目之餘，也可以啟發孩子和父母思考。

編者希望此套書可以給孩子真、善、美的引導，學習正確的待人處事方法。以此祝福所有孩子能擁有正能量的價值觀。

故事簡介

《狼來了》這個故事，告訴了人們說謊帶來的後果。

牧羊的小男孩為了找樂子，竟然假裝大野狼來襲，害得好心想幫忙的村民們白跑一趟。因為他一再說謊，等到大野狼真的出現時，已經沒有人肯相信他了。

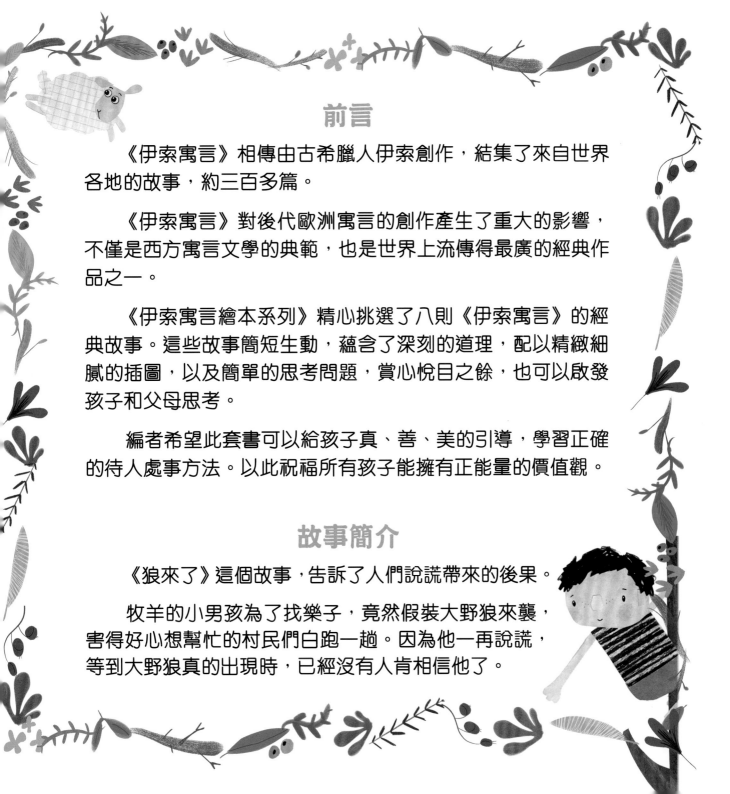

山上的小村莊裏住着一個小牧童，他每天把綿羊們帶到牧場，一整天都在那裏照顧牠們。

但是小男孩很容易就覺得無聊，他會自得其樂地跑到大石頭上面、爬到樹上，甚至追着羊兒跑。

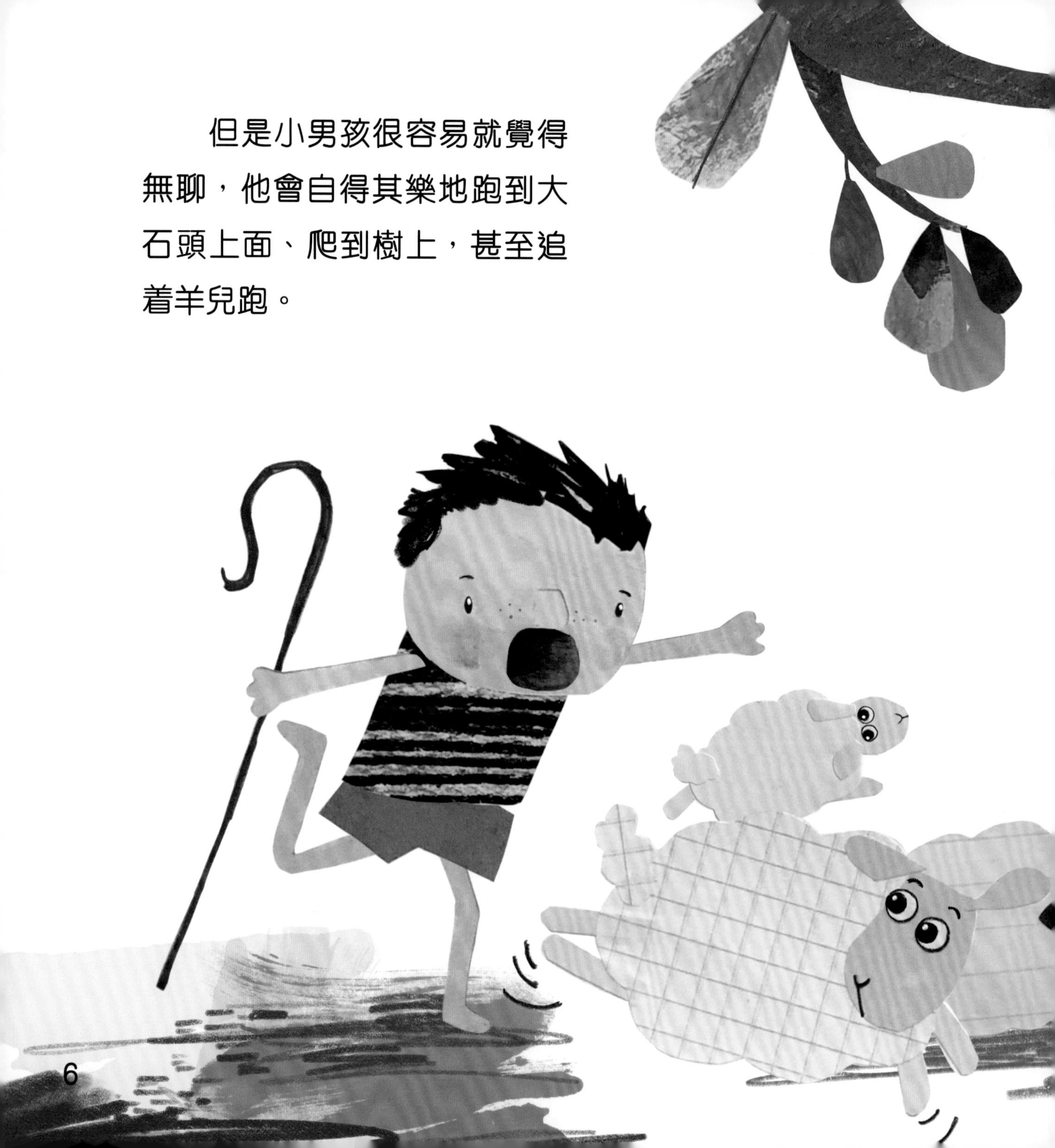

有一天，他想到一招妙計。

他要把村民們叫到山坡上來取樂！

他躲在一棵樹上，從那裏可以看到很遠的景物。

然後，他用最嘹亮的聲音大喊着：「狼！狼來了啊！」

狼來了！

村民們聽到他的呼叫聲，大家趕緊拿了棍子和工具，跑去山坡上幫忙。

當他們趕到現場時，男孩卻大聲笑了起來。

那裏根本沒有狼，村民們非常生氣。

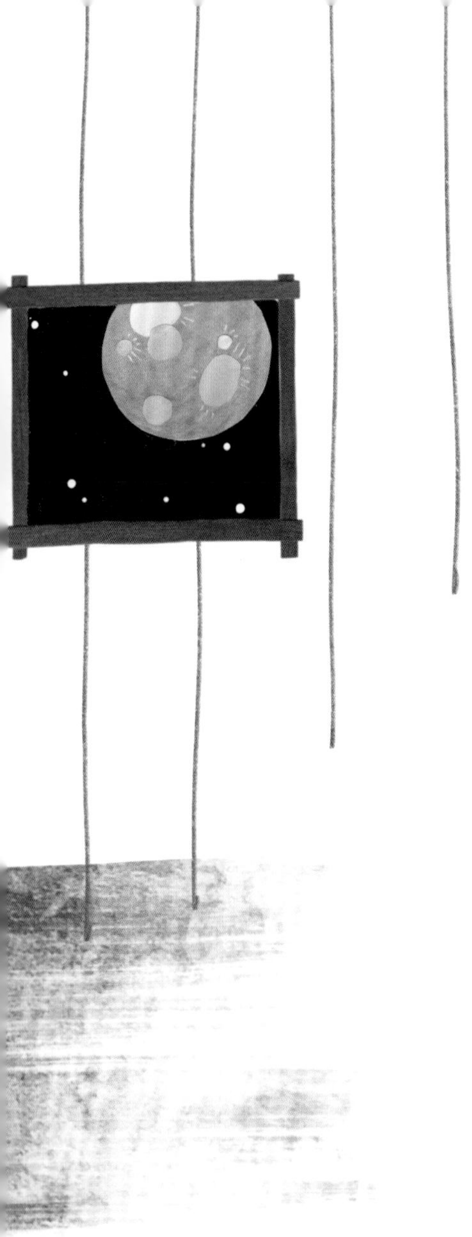

那天晚上，男孩被罰不能吃晚餐，得直接上牀睡覺。

狼來了！

隔天午餐過後，男孩又故技重施。

「有狼啊！」他假哭，「狼來了！狼來了！」

村民們又急急忙忙地跑上來幫忙。

當他們看到眼前寧靜的景象時，都生氣了。

「騙人精！」他們大叫，「你又開我們玩笑！」

第三天，男孩正在牧羊時，他注意到羊羣們有點緊張兮兮的。

在灌木叢外面，一隻大野狼出現了，還舔着嘴唇。

「救命呀！」男孩哭喊着，
「狼來了！狼來了！」

村民們聽到他的呼救聲，歎氣地說：「那頑皮小子又在喊狼來了，那裏根本沒有狼，他已經捉弄我們太多次了。」

大家都回去各自工作。

後來，當男孩的爸爸來找他，想幫忙把羊羣帶回家時，卻看到了很嚇人的景象：男孩躲在岩石後面縮成一團，而那裏只剩下最後一隻綿羊了，其餘的，全都化作滿地的羊毛。

這個男孩因為撒謊太多次，所以當他真正說實話的時候，已經沒有人願意相信他了。

思考時間

1. 當你發現被人捉弄時，會有什麼感受？
2. 你覺得小男孩得到了什麼教訓？說說看。

作者介紹

布萊恩妮·克拉克森（Bryony Clarkson）是一位英國插畫家，在美麗的牛津市生活和工作。她利用剪紙拼貼，並結合電腦繪圖的加工方式，創造出有趣而古靈精怪的圖畫。布萊恩妮最喜歡畫具有特色的動物和鳥類。除了繪畫外，她還喜歡旅行冒險、奶茶、紅鶴，以及古董書。